ARISTOPHANE

SCÈNE DE LA PAUVRETÉ

A LA MÊME LIBRAIRIE

OUVRAGES DU MÊME AUTEUR

ÉSOPE. Fables choisies. Nouvelle édition classique en vue de l'étude simultanée de la grammaire et des racines. 1874.

ÉLIEN. Nouveaux extraits. 1875.

SOPHOCLE. Philoctète. 1875.

DÉMOSTHÈNE. Les Olynthiennes. (*Sous presse.*)

Paris. — Imprimerie Viéville et Capiomont, rue des Poitevins, 6.

ARISTOPHANE

EXTRAIT DU PLUTUS

SCÈNE DE LA PAUVRETÉ

AVEC UNE ANALYSE DE LA PIÈCE
DES NOTES LITTÉRAIRES ET GRAMMATICALES
ET DES EXTRAITS DU TIMON DE LUCIEN

PAR

L. HUMBERT

ANCIEN ÉLÈVE DE L'ÉCOLE NORMALE, AGRÉGÉ DE GRAMMAIRE
PROFESSEUR AU LYCÉE DE LYON

PARIS
GARNIER FRÈRES, LIBRAIRES-ÉDITEURS
6, RUE DES SAINTS-PÈRES, 6

NOTICE
SUR ARISTOPHANE

ANALYSE DU PLUTUS

Nous avons fort peu de détails sur la vie d'Aristophane. On croit généralement que sa famille était originaire de l'île de Rhodes. Il était fils de Philippe et naquit à Athènes vers l'an 452 avant Jésus-Christ. En 430, il s'en alla avec d'autres colons de l'Attique cultiver un domaine dans l'île d'Égine; mais il ne paraît pas y être resté fort longtemps. En 427, la quatrième année de la guerre du Péloponèse, il donna sa première comédie, *les Dætaliens*, qu'il fut forcé de faire recevoir sous un nom d'emprunt, parce qu'il n'avait pas trente ans et qu'une loi interdisait aux poëtes de présenter des pièces avant cet âge. L'année suivante, dans *les Babyloniens*, pièce perdue pour nous comme la précédente, il attaqua la coutume des Athéniens de nommer leurs magistrats par la voie du sort. *Les Nuées*, en 424, furent jouées sous son nom. La seconde représentation de *Plutus*, la dernière comédie que nous connaissions de lui, eut lieu en 398. C'est donc de 427 à 398, dans un espace de trente-neuf ans, que s'étend la carrière dramatique d'Aristophane. Ces dates nous montrent qu'il fut le contemporain de Périclès, de Sophocle, d'Euripide, de Socrate et de Platon[1]. Il fut aussi témoin de la guerre du Péloponèse; et, s'il n'en a pas été l'historien, on a pu dire avec raison qu'il en était le pamphlétaire. La date de sa mort nous est inconnue.

Il avait composé cinquante-quatre pièces : onze seulement nous sont parvenues. Dix appartiennent à ce que l'on appelle l'*ancienne comédie*. « La comédie ancienne, dit M. Chassang[2], était toute politique et se livrait à outrance à la satire personnelle :

Eupolis atque Cratinus Aristophanesque poetæ,
Atque alii, quorum comœdia prisca virorum est,
Si quis erat dignus describi, quod malus, aut fur,
Quod mœchus foret aut sicarius, aut alioqui
Famosus, multa cum libertate notabant[3].

« Non-seulement les sujets étaient empruntés aux questions qui se débattaient dans le moment même entre les citoyens; non-seulement les personnes y étaient nommées et les choses y étaient clairement désignées, ou du moins à peine couvertes du voile transparent d'une action bouffonne; mais il y avait dans chaque pièce un morceau que prononçait le chœur en s'avançant sur le devant de la scène (de là son nom de *para-*

1. Platon fit pour lui cette épitaphe :

Αἱ Χάριτες τέμενός τι λαβεῖν ὅπερ οὐχὶ πεσεῖται
ζητοῦσαι ψυχὴν εὗρον Ἀριστοφάνους.

2. Résumé de l'histoire de la littérature grecque, au commencement du nouveau *Dictionnaire grec-français*, page 8.

3. Horace, *Épîtres*, II, I, 58.

base), et qui était une allocution du poëte au public, ou, pour mieux dire, une adresse du citoyen à ses concitoyens. »

Parmi ces dix comédies d'Aristophane, cinq sont plus spécialement politiques ; ce sont : *les Acharnéens* (426 av. J. C.), *les Chevaliers* (425), *les Guêpes* (423), *la Paix* (421), *Lysistrata* (412). Trois sont des satires philosophiques : *les Nuées* (424), *les Oiseaux* (415), *l'Assemblée des femmes* (393). Deux enfin touchent surtout aux questions littéraires : *les Fêtes de Cérès et de Proserpine* ou *les Thesmophoriazouses* (411), et les *Grenouilles* (406).

La pièce qui a pour titre *Plutus* appartient à un genre tout différent, à ce qu'on est convenu d'appeler la *comédie moyenne*, sorte de transition entre la *comédie ancienne* et la *comédie nouvelle*[1]. Elle fut représentée deux fois, la première en 408, la seconde en 388. En 404, après la prise d'Athènes par Lysandre, le gouvernement des Trente avait défendu par un décret de mettre sur la scène les événements contemporains, de désigner par son nom aucun personnage vivant et de faire usage de la parabase. Quand Aristophane fit représenter *Plutus* pour la seconde fois, il fut donc forcé d'y introduire quelques changements. La pièce telle qu'elle nous est parvenue semble être un composé de ces deux éditions. « L'absence de la Parabase, dit en effet avec

1. On consultera avec fruit, dans l'ancienne collection des *Mémoires de l'Académie des inscriptions et belles-lettres*, tome XXX, page 51, un travail fort intéressant de Lebeau le cadet : *Mémoire sur le « Plutus » d'Aristophane et sur les caractères assignés par les Grecs à la comédie moyenne.*

raison M. Poyard, et de nombreuses allusions à des faits politiques postérieurs à 408, ne permettent pas de supposer que nous ayons entre les mains l'édition primitive; d'un autre côté, les vers où Aristophane attaque certains citoyens par leur nom ne peuvent appartenir à l'édition de 388, puisqu'alors cette licence était proscrite. »

Le sujet de *Plutus* est exclusivement moral. C'est, comme on le verra plus loin, l'éloge du travail et l'apologie de l'inégale et aveugle répartition des richesses.

Chrémyle, laboureur honnête, mais pauvre, est allé, accompagné de son esclave Carion, demander à l'oracle d'Apollon s'il ne devait pas faire de son fils unique un coquin, puisque les scélérats sont toujours riches et heureux. Le dieu lui a répondu de suivre la première personne qu'il verrait au sortir du temple et de l'emmener. Chrémyle a rencontré un aveugle couvert de haillons; il s'attache à lui et lui demande qui il est. L'autre refuse d'abord de répondre, mais les menaces le forcent à se faire connaître.

Je suis Plutus [1].

CHRÉMYLE.

O le plus scélérat des hommes! tu es Plutus, et tu gardais le silence!

CARION.

Toi Plutus, dans un état si misérable!

1. Ἐγὼ γάρ εἰμι Πλοῦτος.

XPEMYΛΟΣ.

Ὦ μιαρώτατε
ἀνδρῶν ἁπάντων, εἶτ' ἐσίγας Πλοῦτος ὤν;

KAPIΩN.

Σὺ Πλοῦτος, οὕτως ἀθλίως διακείμενος;

CHRÉMYLE.

O Phébus Apollon ! dieux et génies ! ô Jupiter ! es-tu vraiment Plutus[1] ?

PLUTUS.

Oui.

CHRÉMYLE.

Lui-même?

PLUTUS.

Tout à fait lui...

CHRÉMYLE.

Et comment es-tu devenu aveugle, dis-moi ?

PLUTUS.

Jupiter m'a causé ce malheur par jalousie pour les hommes. Etant jeune, je le menaçai de n'aller que chez des gens justes, sages et modérés; alors il me rendit aveugle, pour m'empêcher d'en reconnaître aucun, tant il porte envie aux gens de bien !

1. ΧΡΕΜΥΛΟΣ.

Ὦ Φοῖβ' Ἄπολλον, καὶ θεοὶ καὶ δαίμονες,
καὶ Ζεῦ, τί φῄς; ἐκεῖνος ὄντως εἶ σύ;

ΠΛΟΥΤΟΣ.

Ναί.

ΧΡΕΜΥΛΟΣ.

Ἐκεῖνος αὐτὸς;

ΠΛΟΥΤΟΣ.

Αὐτότατος.....

ΧΡΕΜΥΛΟΣ.

Τουτὶ δὲ τὸ κακὸν πῶς ἔπαθες; κάτειπέ μοι.

ΠΛΟΥΤΟΣ.

Ὁ Ζεύς με ταῦτ' ἔδρασεν ἀνθρώποις φθονῶν.
Ἐγὼ γὰρ ὢν μειράκιον ἠπείλησ' ὅτι
ὡς τοὺς δικαίους καὶ σοφοὺς καὶ κοσμίους
μόνους βαδιοίμην· ὁ δὲ μ' ἐποίησεν τυφλὸν,
ἵνα μὴ διαγιγνώσκοιμι τούτων μηδένα.
Οὕτως ἐκεῖνος τοῖσι χρηστοῖσι φθονεῖ.

CHRÉMYLE.

Si tu recouvrais la vue comme auparavant, fuirais-tu les méchants[1] *?*

PLUTUS.

Je le promets.

CHRÉMYLE.

Tu irais chez les gens de bien ?

PLUTUS.

Assurément, car il y a bien longtemps que je n'en ai vu.

Chrémyle promet alors à Plutus de le guérir, à condition qu'il le gardera chez lui. Plutus refuse parce qu'il craint Jupiter. Il finit pourtant par consentir. Mais Chrémyle a bon cœur : il ne veut pas être seul riche et il envoie chercher ses voisins pour qu'ils partagent avec lui les faveurs de Plutus.

Ils arrivent : ce sont eux qui forment le chœur de la pièce. L'un d'eux, Blepsidème, ami de Chrémylé, et qui vient après les autres, est fort étonné d'apprendre que son voisin n'est plus pauvre. Il ne peut s'imaginer qu'il se soit enrichi sans avoir volé. Il lui conseille d'avouer son crime, et il se charge d'arranger l'affaire : il lui promet de fermer la bouche des juges moyennant quel-

1. ΧΡΕΜΥΛΟΣ.

Εἰ πάλιν ἀναβλέψειας, ὥσπερ καὶ προτοῦ,
φεύγοις ἂν ἤδη τοὺς πονηρούς ;

ΠΛΟΥΤΟΣ.

Φήμ' ἐγώ.

ΧΡΕΜΥΛΟΣ.

Ὡς τοὺς δικαίους δ' ἂν βαδίζοις ;

ΠΛΟΥΤΟΣ.

Πάνυ μὲν οὖν·
Πολλοῦ γὰρ αὐτοὺς οὐχ ἑώρακα χρόνου.

que somme. Plus Chrémyle se défend, plus Blepsidème s'obstine à le croire coupable. Enfin tout s'explique, et on décide que, pour rendre la vue à Plutus, on le fera coucher une nuit dans le temple d'Esculape, le dieu des médecins et des malades. Ils partent donc, mais en route une femme les arrête. C'est la Pauvreté (Πενία)[1]. Elle veut les empêcher de poursuivre leur dessein. A sa vue, Blepsidème s'enfuit; mais son ami l'arrête, et, fort du secours de Plutus, il chassera la Pauvreté de toute la Grèce. Celle-ci demande à se défendre et se fait fort de leur montrer qu'on ne saurait procurer un plus grand malheur aux hommes qu'en la bannissant. Chrémyle donne le premier ses raisons. La Pauvreté lui répond et cherche à lui prouver que, si tout le monde est riche, il n'y aura plus ni artistes, ni artisans, ni serviteurs : par conséquent, que, les richesses devenant inutiles, chacun sera forcé de travailler; c'est elle qui procure aux riches toutes leurs jouissances, en forçant l'ouvrier par le besoin à travailler pour gagner sa vie. Chrémyle ne veut pas se rendre : confondant la mendicité avec la pauvreté, il fait un tableau frappant d'une extrême misère. En vain la Pauvreté essaye-t-elle de lui faire distinguer l'une et l'autre, en vain montre-t-elle qu'elle sait mieux que Plutus rendre les hommes forts de corps

1. Πενία est ce que nous appelons *médiocrité*, fait remarquer M. Dübner dans son excellente édition des *Extraits d'Aristophane*, plutôt que *pauvreté*, terme qui éveille dans notre esprit des idées étrangères au mot grec. Πένης se dit de l'homme qui a besoin de travailler, qui ne pourrait vivre s'il ne faisait absolument rien, comme le peut le riche, πλούσιος. — Les personnages allégoriques avaient déjà été employés par Aristophane. *Les Nuées* renferment un entretien entre la *Vraie* et la *Fausse Éloquence*, Λόγος ἄδικος, Λόγος δίκαιος.

et d'esprit, toutes ces belles raisons ne peuvent convaincre Chrémyle. La malheureuse est chassée; mais elle déclare, en s'en allant, qu'on la rappellera un jour.

« La conclusion de cette scène, dit fort bien M. Deschanel[1], c'est plus que le *fecunda virorum Paupertas* de Lucain : c'est à savoir que le travail est la condition de notre nature ; la loi, non-seulement physique, mais morale; la dignité, la sauvegarde et la consolation de la vie humaine.... Le travail nous courbe physiquement, mais nous tient debout moralement. Ceux qui n'aiment pas le travail finissent tôt ou tard par s'avilir... Une telle scène est à elle seule un monument littéraire et moral. »

Carion, l'esclave de Chrémyle, revient du temple et raconte à Myrrhine, la femme de son maître, comment Plutus a recouvré l'usage des yeux. Ce récit est une scène fort maligne contre les prêtres d'Esculape. Plutus arrive à son tour : il adore le soleil, qu'il revoit pour la première fois depuis de si longues années ; il salue Athènes, promet de ne plus favoriser que les gens de bien et entre dans la maison de Chrémyle.

Carion reparaît bientôt pour exhaler sa joie[2] :

« *Qu'il est doux, mes amis, d'être heureux, surtout quand nous n'avons rien eu à dépenser ! Un déluge de biens vient d'inonder notre maison, sans que nous ayons commis la moindre injustice.*

1. *Études sur Aristophane*, page 131.

2. ΚΑΡΙΩΝ.

Ὡς ἡδὺ πράττειν, ὦνδρες, ἔστ' εὐδαιμόνως,
καὶ ταῦτα μηδὲν ἐξενεγκόντ' οἴκοθεν.
Ἡμῖν γὰρ ἀγαθῶν σωρὸς ἐς τὴν οἰκίαν
ἐπεισπέπαικεν οὐδὲν ἠδικηκόσιν.

« *C'est ainsi qu'il est agréable de s'enrichir. La huche est remplie de farine bien blanche, et les amphores d'un vin rouge et parfumé; tous nos coffres, ô prodige! regorgent d'argent et d'or. La citerne est pleine d'huile, les fioles d'essences, le grenier de figues. Vinaigriers, écuelles, marmites, toute la vaisselle est en airain. Nos vieux plats à poisson tant usés ne sont plus en bois, mais en argent...* [1] »

Un homme de bien qui vient d'être enrichi se présente à lui pour entrer chez Chrémyle et consacrer au dieu ses pantoufles et son vieux manteau; presque en même temps un de ces délateurs publics si décriés sous le nom de *sycophantes*, subitement ruiné, vient se plaindre. La manière dont Carion et l'homme de bien se moquent de lui est fort divertissante.

Les dernières scènes sont plus licencieuses. C'est une vieille qui se lamente sur l'infidélité d'un jeune homme qu'elle aimait et qu'elle avait enrichi; puis Mercure, qui, ne trouvant plus rien à gagner dans ses divers métiers, vient demeurer chez Chrémyle sous prétexte qu'il y fait meilleur qu'au ciel, et que *la patrie est partout où l'on vit*

1. Οὕτω τὸ πλουτεῖν ἐστιν ἡδὺ πρᾶγμά τι.
Ἡ μὲν σιπύη μεστή 'στι λευκῶν ἀλφίτων,
οἱ δ' ἀμφορῆς οἴνου μέλανος ἀνθοσμίου.
Ἅπαντα δ' ἡμῖν ἀργυρίου καὶ χρυσίου
τὰ σκευάρια πλήρη 'στὶν, ὥστε θαυμάσαι.
Τὸ φρέαρ δ' ἐλαίου μεστόν· αἱ δὲ λήκυθοι
μύρου γέμουσι, τὸ δ' ὑπερῷον ἰσχάδων.
Ὀξὶς δὲ πᾶσα καὶ λοπάδιον καὶ χύτρα
χαλκῆ γέγονε· τοὺς δὲ πινακίσκους τοὺς σαπροὺς,
τοὺς ἰχθυηροὺς, ἀργυροῦς πάρεσθ' ὁρᾶν.

heureux[1]. Enfin le grand prêtre de Jupiter, mourant de faim, demande à s'installer dans la maison fortunée. Carion l'invite à substituer le culte de Plutus à celui du fils de Saturne. Tous s'apprêtent à conduire le dieu de la richesse à la place qu'il occupait autrefois, derrière le temple de Minerve. Là il veillera à jamais sur le trésor d'Athènes.

1. Πατρὶς γάρ ἐστι πᾶσ' ἵν' ἂν πράττῃ τις εὖ.

Cicéron (Tusc., V, 37, 108) cite un vers semblable d'une vieille tragédie latine :

Patria est ubicumque est bene.

N. B. La grammaire citée dans les notes est celle de M. Chassang.

SCÈNE

DE LA PAUVRETÉ

ΒΛΕΨΙΔΗΜΟΣ, ΧΡΕΜΥΛΟΣ, ΧΟΡΟΣ, ΠΕΝΙΑ.

ΠΕΝΙΑ.

Ὦ θερμὸν [1] ἔργον κἀνόσιον [2] καὶ παράνομον
τολμῶντε [3] δρᾶν ἀνθρωπαρίω [4] κακοδαίμονε,
ποῖ, ποῖ; τί φεύγετ'; οὐ μενεῖτον [5];

1. Θερμόν, *chaud*, c'est-à-dire ici *hardi*, *téméraire*.

2. Κἀνόσιον, crase pour καὶ ἀνόσιον. Voir Gramm., § 14, B.

3. Τολμῶντε. — La Pauvreté, s'adressant à deux personnes, Blepsidème et Chrémyle, emploie généralement le duel, mais parfois aussi elle se sert du pluriel. On sait que les Grecs emploient alternativement ces deux nombres, parfois dans la même proposition, sans que nous puissions sentir les raisons qui font préférer l'un à l'autre. Il y en a un exemple au troisième vers.

4. Ἀνθρωπαρίω. — Le suffixe άριον se combine avec des radicaux de substantifs désignant des êtres vivants et leur donne une nuance de mépris. Ex. : ἀνδράριον (d'ἀνήρ), *homme chétif ;* γυναικάριον (de γυνή), *femmelette*.

5. Μενεῖτον, futur second. Voir Gramm., § 97.

ΒΛΕΨΙΔΗΜΟΣ.

Ἡράκλεις [1].

ΠΕΝΙΑ.

Ἐγὼ γάρ [2] ὑμᾶς ἐξολῶ [3] κακοὺς κακῶς.
τόλμημα γὰρ τολμᾶτον [4] οὐκ ἀνασχετόν,
ἀλλ' οἷον οὐδεὶς ἄλλος οὐδεπώποτε
οὔτε θεὸς οὔτ' ἄνθρωπος [5] · ὥστ' ἀπολώλατον.

ΧΡΕΜΥΛΟΣ.

Σὺ δ' εἶ τίς; ὠχρὰ [6] μὲν γὰρ εἶναί μοι δοκεῖς.

ΒΛΕΨΙΔΗΜΟΣ.

Ἴσως Ἐρινύς [7] ἐστιν ἐκ τραγῳδίας ·
βλέπει γέ τοι μανικόν [8] τι καὶ τραγῳδικόν.

1. Ἡράκλεις, vocatif contracte de Ἡρακλῆς. On invoquait Hercule comme libérateur des dangers et préservateur des monstres.

2. Γάρ. — Dans le dialogue grec, quand une personne répond par γάρ, il faut suppléer au commencement de sa phrase un mot d'approbation comme *oui*, *certainement*. La Pauvreté veut dire ici : Tu as raison de t'effrayer, *car*...

3. Ἐξολῶ κακοὺς κακῶς. Ἐξολῶ, futur contracte ou attique pour ἐξολέσω. Remarquez le rapprochement de κακούς et de κακῶς, dont on trouve d'autres exemples dans Aristophane, Sophocle, Lucien, etc.

4. Τόλμημα τολμᾶτον. — Les Grecs aimaient ces rapprochements de mots formés de la même racine. Voir Gramm., § 211. On peut ajouter aux exemples cités : Ἔχθος ἐχθήρας μέγα (Philoctète, 58).

5. Ἄνθρωπος, sous-ent. τετόλμηκε. Sur les négations de cette phrase, voir Gramm., § 232 *bis*, Rem. V.

6. Ὠχρά, *pâle*.

7. Ἐρινύς, *Erinnys*, *furie*. Les Furies paraissaient dans plusieurs tragédies grecques, notamment dans *les Euménides* d'Eschyle et dans l'*Oreste* d'Euripide. Elles étaient représentées avec des serpents dans les cheveux et des torches à la main.

8. Μανικόν τι καὶ τραγῳδικόν. Ces adjectifs à l'accusatif sont des compléments qui qualifient l'action marquée par le verbe : ce sont des *accusatifs de qualification*, suivant l'expression des grammairiens. Rapprochez en latin : *Acerba tuens*, *crebra ferit*, *perfidum ridere*.

ΧΡΕΜΥΛΟΣ.

Ἀλλ'[1] οὐκ ἔχει γὰρ δᾷδας.

ΒΛΕΨΙΔΗΜΟΣ.

Οὐκοῦν[2] κλαύσεται.

ΠΕΝΙΑ.

Οἴεσθε[3] δ' εἶναι τίνα με;

ΧΡΕΜΥΛΟΣ.

Πανδοκεύτριαν[4],
ἢ λεκιθόπωλιν[5]. Οὐ γὰρ ἂν τοσουτονὶ[6]
ἐνέκραγες ἡμῖν οὐδὲν ἠδικημένη[7].

ΠΕΝΙΑ.

Ἄληθες[8]; οὐ γὰρ δεινότατα δεδράκατον[9],
ζητοῦντες[10] ἐκ πάσης με[11] χώρας ἐκβαλεῖν;

1. Ἀλλά suivi de la négation forme une locution particulière : Ἀλλ'οὐ γὰρ πῶς ἐστι, Homère; *Non certes, cela ne se peut pas.*

2. Οὐκοῦν, *donc* (igitur); οὔκουν, *non donc* (non igitur). Κλαύσεται, parce qu'ils lui feront un mauvais parti.

3. Οἴεσθε. Contruisez : Τίνα δὲ οἴεσθέ με εἶναι;

4. Πανδοκεύτριαν. Πανδοκεύτρια est le féminin de πανδοκεύς, mot formé de πᾶς et de δοκή pour δοχή, *qui reçoit tout le monde, cabaretier.*

5. Λεκιθόπωλιν, mot formé de λέκιθος, *jaune d'œuf*, et de πωλέω, *je vends.*

6. Τοσουτονί, attique pour τοσοῦτον; de même plus loin τηνδί pour τήνδε, τουτί pour τοῦτο, νυνί pour νῦν, etc.

7. Ἠδικημένη, participe construit en apposition et exprimant une supposition.

8. Ἄληθες, sorte d'exclamation qui peut être traduite par *vraiment!*

9. Δεδράκατον, sous-ent. μέ. Ce verbe régit deux accusatifs. Voir Gramm., § 205, 3.

10. Ζητοῦντες. Remarquez ce participe au pluriel alors que le verbe est au duel. De pareilles modifications à la règle d'accord ne sont pas rares en grec. — Le participe exprime ici simultanéité relativement à l'action de la proposition principale et ce rapport peut être rendu en français par *alors que.*

11. Με est complément direct de ἐκβαλεῖν.

ΧΡΕΜΥΛΟΣ.

Οὔκουν [1] ὑπόλοιπόν σοι τὸ βάραθρον [2] γίγνεται ;
Ἀλλ' ἥτις εἶ [3] λέγειν σ' ἐχρῆν αὐτίκα μάλα.

ΠΕΝΙΑ.

Ἣ [4] σφὼ ποιήσω τήμερον δοῦναι [5] δίκην,
ἀνθ' ὧν [6] ἐμὲ ζητεῖτον ἐνθένδ' ἀφανίσαι ;

ΒΛΕΨΙΔΗΜΟΣ.

Ἆρ' [7] ἐστὶν ἡ καπηλὶς, ἡ 'κ τῶν γειτόνων [8],
ἡ ταῖς κοτύλαις [9] ἀεί με διαλυμαίνεται [10] ;

ΠΕΝΙΑ.

Πενία [11] μὲν οὖν, ἣ σφῷν ξυνοικῶ πόλλ' ἔτη [12].

ΒΛΕΨΙΔΗΜΟΣ.

Ἄναξ Ἄπολλον καὶ θεοὶ, ποῖ τις φύγῃ [13] ;

ΧΡΕΜΥΛΟΣ.

Οὗτος [14], τί δρᾷς ; ὦ δειλότατον σὺ θηρίον,
οὐ παραμενεῖς [15] ;

1. Οὔκουν. Voir note 2, page 13.

2. Βάραθρον. C'était un gouffre où étaient précipités les condamnés à mort.

3. Εἶ. Sur cet indicatif, voir Gramm., § 216, 2°.

4. Ἣ. Devant ce pronom relatif, sous-ent. εἰμί τις.

5. Δοῦναι δίκην. Rapprochez l'expression latine *pœnas dare*.

6. Ἀνθ' ὧν, locution elliptique pour ἀντὶ τῶν πραγμάτων ἀντὶ ὧν, *pour cela que*, *parce que*.

7. Ἆρα, *est-ce que...?* ἄρα, *donc*.

8. Ἡ, sous-ent. οὖσα. Ἐκ τῶν γειτόνων, *des voisins*, *du voisinage*.

9. Κοτύλαις. Le cotyle correspondait à 27 centilitres.

10. Διαλυμαίνεται. Elle le trompait, soit en ne remplissant pas le cotyle, soit en y mettant de l'eau.

11. Πενία μὲν οὖν, sous-ent. εἰμί.

12. Πόλλα ἔτη, *depuis beaucoup d'années*.

13. Ποῖ τις φύγῃ a le même sens que ποῖ φύγω. Pour exprimer l'incertitude sur ce que l'on doit faire, les Grecs emploient soit le subjonctif, soit l'optatif avec ἄν. C'est ainsi qu'au vers 335 de la même pièce nous trouvons : ποῖ τις ἂν τράποιτο.

14. Οὗτος. Voir Gramm., § 192.

15. Παραμενεῖς, au futur, comme l'indique l'accent circonflexe.

ΒΛΕΨΙΔΗΜΟΣ.

Ἥκιστα πάντων.

ΧΡΕΜΥΛΟΣ.

Οὐ μενεῖς;
ἀλλ' ἄνδρε δύο γυναῖκα φεύγομεν μίαν;

ΒΛΕΨΙΔΗΜΟΣ.

Πενία γάρ ἐστιν, ὦ πονήρ', ἧς οὐδαμοῦ
οὐδὲν πέφυκε ζῷον ἐξωλέστερον[1].

ΧΡΕΜΥΛΟΣ.

Στῆθ', ἀντιβολῶ σε, στῆθι.

ΒΛΕΨΙΔΗΜΟΣ.

Μὰ Δί'[2], ἐγὼ μὲν οὔ[3].

ΧΡΕΜΥΛΟΣ.

Καὶ μὴν λέγω δεινότατον ἔργον παρὰ πολὺ
ἔργων ἁπάντων ἐργασόμεθ', εἰ τὸν θεὸν[4]
ἔρημον ἀπολιπόντε[5] ποι φευξούμεθα
τηνδὶ δεδιότε, μηδὲ διαμαχούμεθα.

ΒΛΕΨΙΔΗΜΟΣ.

Ποίοις ὅπλοισιν ἢ δυνάμει πεποιθότες;
ποῖον γὰρ οὐ θώρακα, ποίαν δ' ἀσπίδα
οὐκ ἐνέχυρον τίθησιν[6] ἡ μιαρωτάτη;

1. Ἐξωλέστερον, comparatif neutre de ἐξώλης, dangereux.

2. Μὰ Δία. Voir Gramm., § 233, ter, 5°.

3. Ἐγὼ μὲν οὔ, sous-ent. στήσομαι.

4. Τὸν θεόν. Il s'agit du dieu Plutus à qui Chrémyle et Blepsidème ont promis de le conduire au temple d'Esculape. Voir l'analyse de la pièce.

5. Ἀπολιπόντε φευξούμεθα. Remarquez ce participe au duel avec un verbe au pluriel et voyez page 13, note 10.

6. Ἐνέχυρον τίθησιν. Ἐνέχυρον τιθέναι signifie *mettre en gage*. C'est ici une expression plaisante : celui qui a été forcé de donner ses armes en gage ne peut plus s'en servir.

ΧΡΕΜΥΛΟΣ.

Θάῤῥει · μόνος[1] γὰρ ὁ θεὸς οὗτος οἶδ' ὅτι
τροπαῖον ἂν στήσαιτο[2] τῶν ταύτης τρόπων.

ΠΕΝΙΑ.

Γρύζειν[3] δὲ καὶ τολμᾶτον, ὦ καθάρματε[4],
ἐπ' αὐτοφώρῳ δεινὰ δρῶντ' εἰλημμένω[5];

ΧΡΕΜΥΛΟΣ.

Σὺ δ', ὦ κάκιστ'[6] ἀπολουμένη, τί λοιδορεῖ[7]
ἡμῖν προσελθοῦσ' οὐδ' ὁτιοῦν ἀδικουμένη;

ΠΕΝΙΑ.

Οὐδὲν γάρ, ὦ πρὸς τῶν θεῶν, νομίζετε
ἀδικεῖν με τὸν Πλοῦτον ποιεῖν[8] πειρωμένω
βλέψαι πάλιν;

ΧΡΕΜΥΛΟΣ.

Τί οὖν ἀδικοῦμεν τοῦτό σε,
εἰ πᾶσιν ἀνθρώποισιν ἐκπορίζομεν
ἀγαθόν;

1. Μόνος... Construisez : Οἶδα γὰρ ὅτι οὗτος ὁ θεὸς μόνος...

2. Στήσαιτο τροπαῖον. Στῆσαι τροπαῖον signifie *élever un trophée* et par suite *triompher de*. Τρόπων, *tours*, *manières d'être*, *habitudes*, ici *ruses*.

3. Γρύζειν (racine ΓΡΥ, onomatopée imitant le cri du cochon), littéralement *grogner*.

4. Καθάρματε. Le mot κάθαρμα (même racine que καθαίρω, je *purifie*) désignait un porc immolé pour purifier un lieu, et aussi une victime expiatoire, homme ou femme, qui était sacrifiée dans une calamité publique. On ne choisissait pour les tuer ainsi que des hommes vils et méprisables.

5. Εἰλημμένω ἐπ'αὐτοφώρῳ, *pris sur le fait*, *en flagrant délit*.

6. Κάκιστα est à l'accusatif adverbial.

7. Λοιδορεῖ, seconde personne attique pour λοιδορῇ. Voir Gramm., § 79, Rem. IV *bis*.

8. Ποιεῖν τὸν Πλοῦτον βλέψαι, littér. *faire Plutus voir*, *faire voir Plutus*, *rendre la vue à Plutus*.

ΠΕΝΙΑ.

Τί δ' ἂν ὑμεῖς ἀγαθὸν ἐξεύροιθ';

ΧΡΕΜΥΛΟΣ.

Ὅ τι;

σὲ πρῶτον ἐκϐαλόντες ἐκ τῆς Ἑλλάδος.

ΠΕΝΙΑ.

Ἔμ' ἐκϐαλόντες; καὶ τί ἂν[1] νομίζετε
κακὸν ἐργάσασθαι μεῖζον ἀνθρώποις;

ΧΡΕΜΥΛΟΣ.

Ὅ τι;

εἰ τοῦτο[2] δρᾶν μέλλοντες ἐπιλαθοίμεθα[3].

ΠΕΝΙΑ.

Καὶ μὴν[4] περὶ τούτου σφῷν ἐθέλω δοῦναι λόγον[5]
τὸ πρῶτον αὐτοῦ[6] · κἂν[7] μὲν ἀποφήνω μόνην
ἀγαθῶν ἁπάντων οὖσαν αἰτίαν ἐμὲ
ὑμῖν, δι' ἐμέ τε ζῶντας ὑμᾶς[8] · εἰ δὲ μή[9],
ποιεῖτον ἤδη τοῦθ' ὅ τι ἂν ὑμῖν δοκῇ.

ΧΡΕΜΥΛΟΣ.

Ταυτὶ σὺ τολμᾷς, ὦ μιαρωτάτη, λέγειν;

ΠΕΝΙΑ.

Καὶ σύ γε διδάσκου · πάνυ γὰρ οἶμαι ῥᾳδίως

1. Ἂν retombe sur l'infinitif ἐργάσασθαι et lui communique l'idée d'un conditionnel.

2. Τοῦτο, à savoir *te chasser*.

3. Ἐπιλαθοίμεθα, *nous oubliions, nous renoncions*.

4. Καὶ μὴν... *Eh bien!*

5. Δοῦναι λόγον, *rendre raison, raisonner*.

6. Αὐτοῦ, employé adverbialement, *ici même*.

7. Κἂν pour καὶ ἐάν.

8. Ὑμᾶς. — Ce mot termine la proposition suppositive, et la phrase principale manque; il est facile de la suppléer; par exemple: ἐάσατέ με, *laissez-moi*.

9. Εἰ δὲ μή, sous-ent. ἀποφήνω.

ἅπανθ' ἁμαρτάνοντά σ' ἀποδείξειν ἐγώ,
εἰ τοὺς δικαίους φῄς ποιήσειν πλουσίους [1].

ΧΡΕΜΥΛΟΣ.

Ὦ τύμπανα [2] καὶ κύφωνες [3], οὐκ ἀρήξετε;

ΠΕΝΙΑ.

Οὐ δεῖ σχετλιάζειν καὶ βοᾶν πρὶν ἂν [4] μάθῃς.

ΒΛΕΨΙΔΗΜΟΣ.

Καὶ τίς δύναιτ' ἂν μὴ βοᾶν ἰού, ἰού [5],
τοιαῦτ' ἀκούων;

ΠΕΝΙΑ.

Ὅστις ἐστὶν εὖ φρονῶν.

ΧΡΕΜΥΛΟΣ.

Τί δῆτά σοι τίμημ' ἐπιγράψω [6] τῇ δίκῃ,
ἐὰν ἁλῷς [7];

ΠΕΝΙΑ.

Ὅ τι σοι δοκεῖ.

1. Ποιήσειν πλουσίους, comme πλουτίσειν.

2. Τύμπανα (rac. ΤΥΠ, idée de *frapper*) : ici *bâtons, gourdins*.

3. Κύφωνες (rac. ΚΥΠ, idée de quelque chose de *bombé*, de *courbé*), ici *carcans*.

4. Πρὶν ἂν avec le subjonctif et πρίν avec l'indicatif s'emploient avec une proposition principale qui a une valeur négative; πρίν et l'infinitif avec une proposition principale qui a une valeur affirmative.

5. Βοᾶν ἰού, ἰού. Il y a là une allusion moqueuse aux lamentations de ce genre qui se trouvent dans les tragédies.

6. Τίμημα. C'était la peine que l'accusateur ou l'accusé pouvaient proposer quand la loi n'en avait déterminé aucune. C'est ainsi que les accusateurs de Socrate avaient proposé θάνατον et que Socrate interrogé à son tour demanda σίτησιν ἐν Πρυτανείῳ.

7. Ἐὰν ἁλῷς (subj. aor. 2 de ἁλίσκομαι, *être pris, perdre un procès*). Le subjonctif avec ἐάν marque que la supposition est possible et attendue, qu'elle *doit* arriver. Dans la pensée de Chrémyle la Pauvreté doit succomber.

ΧΡΕΜΥΛΟΣ.

Καλῶς λέγεις.

ΠΕΝΙΑ.

Τὸ γάρ[1] αὔτ', ἐὰν ἡττᾶσθε, καὶ σφὼ δεῖ παθεῖν.

ΒΛΕΨΙΔΗΜΟΣ.

Ἱκανοὺς νομίζεις δῆτα θανάτους εἴκοσιν ;

ΧΡΕΜΥΛΟΣ.

Ταύτῃ γε · νῷν δὲ δύ' ἀποχρήσουσιν μόνω.

ΠΕΝΙΑ.

Οὐκ ἂν φθάνοιτον[2] τοῦτο πράττοντ', ἢ τί γὰρ
ἔχοι τις ἂν δίκαιον ἀντειπεῖν ἔτι ;

ΧΟΡΟΣ.

Ἀλλ' ἤδη[3] χρῆν[4] τι λέγειν ὑμᾶς σοφὸν[5], ᾧ νικήσετε τηνδὶ
ἐν τοῖσι λόγοις[6] ἀντιλέγοντες · μαλακὸν δ' ἐνδώσετε μηδέν[7].

ΧΡΕΜΥΛΟΣ.

Φανερὸν μὲν ἔγωγ' οἶμαι γνῶναι τοῦτ' εἶναι πᾶσιν ὁμοίως,
ὅτι τοὺς χρηστοὺς[8] τῶν ἀνθρώπων εὖ πράττειν ἐστὶ δίκαιον,
τοὺς δὲ πονηροὺς καὶ τοὺς ἀθέους τούτων τἀναντία[9] δήπου.

1. Γάρ. Voir page 12, note 2.

2. Φθάνοιτον. Sur l'emploi de ce verbe, voir Gramm., § 231, 20. Τοῦτο πράττοντε équivaut à ἀποθνήσκοντε.

3. Ἀλλ' ἤδη. Les vers qui suivent, et qui sont des vers anapestiques tétramètres catalectiques, sont appelés aussi *vers aristophaniens*, parce qu'Aristophane s'en est servi souvent. Voir les prosodies.

4. Χρῆν, attique pour ἐχρῆν. Cet imparfait a le sens d'un présent.

5. Σοφόν, *habile* plutôt que *sage*.

6. Ἐν τοῖσι λόγοις doit être expliqué comme τοῖς λόγοις.

7. Ἐνδώσετε δὲ μηδὲν μαλακόν, littér. *ne donnez rien de mou, gardez-vous de mollir en rien.*

8. Τοὺς χρηστοὺς τῶν ἀνθρώπων est sujet de εὖ πράττειν.

9. Τούτων τἀναντία (crase pour τὰ ἐναντία), sous-ent. πράττειν, littér. *éprouver le contraire de ces choses*, c'est-à-dire *être malheureux*.

Τοῦτ' οὖν[1] ἡμεῖς ἐπιθυμοῦντες μόλις εὕρομεν, ὥστε[2] γενέσθαι,
βούλευμα καλὸν καὶ γενναῖον καὶ χρήσιμον εἰς ἅπαν ἔργον.
Ἢν[3] γὰρ ὁ Πλοῦτος νυνὶ βλέψῃ καὶ μὴ τυφλὸς ὢν περινοστῇ,
ὡς[4] τοὺς ἀγαθοὺς τῶν ἀνθρώπων βαδιεῖται[5], κοὐκ ἀπολείψει,
τοὺς δὲ πονηροὺς καὶ τοὺς ἀθέους φευξεῖται· κᾆτα ποιήσει[6]
πάντας χρηστοὺς καὶ πλουτοῦντας δήπου τά τε θεῖα σέβοντας.
Καίτοι τούτου τοῖς ἀνθρώποις[7] τίς ἂν ἐξεύροι ποτ' ἄμεινον;

ΒΛΕΨΙΔΗΜΟΣ.

Οὔτις· ἐγώ σοι τούτου μάρτυς· μηδὲν ταύτην γ' ἀνερώτα[8].

ΧΡΕΜΥΛΟΣ.

Ὡς[9] μὲν γὰρ νῦν ἡμῖν ὁ βίος τοῖς ἀνθρώποις διάκειται,
τίς ἂν οὐχ ἡγοῖτ' εἶναι μανίαν, κακοδαιμονίαν τ' ἔτι μᾶλλον;
Πολλοὶ μὲν γὰρ τῶν ἀνθρώπων ὄντες πλουτοῦσι πονηροί,
ἀδίκως αὐτὰ[10] ξυλλεξάμενοι· πολλοὶ δ' ὄντες πάνυ χρηστοὶ

1. Τοῦτο, *cela* à savoir que les riches soient heureux et les méchants malheureux.

2. Ὥστε (τοῦτο) γενέσθαι, *afin que cela soit, afin qu'il en soit ainsi.*

3. Ἢν (comme ἐάν) βλέψῃ. Sur le subjonctif avec ἐάν, voir page 18, note 7.

4. Ὡς peut être préposition comme ici et avoir le sens de εἰς, πρός, ἐπί. Il est probable que cet emploi de ὡς vient d'une ellipse de εἰς, πρός, ἐπί qu'on trouve quelquefois exprimé. Ex. Ὡς ἐπὶ τὰς ναῦς πεμφθείς, Xén. *Envoyé vers les vaisseaux*, m. à m. *comme vers les vaisseaux.*

5. Βαδιεῖται et au vers suivant φευξεῖται sont des futurs attiques; κοὐκ, crase pour καὶ οὐκ.

6. Κᾆτα, crase pour καὶ εἶτα.

7. Τοῖς ἀνθρώποις, datif d'intérêt, *pour les hommes.*

8. Μηδὲν ἀνερώτα, *n'interroge pas davantage.* Le préfixe ἀνά ajoute à l'idée d'*interroger* exprimée par le verbe ἐρωτάω, celle de *recommencer.*

9. Ὡς, *de la manière dont.*

10. Αὐτά se rapporte à l'idée de *richesses*, χρήματα, dont l'idée est implicitement contenue dans πλουτοῦσι.

πράττουσι κακῶς καὶ πεινῶσιν, μετὰ σοῦ τε τὰ πλεῖστα[1]
[σύνεισιν.
Οὐκοῦν εἶναί[2] φημ', εἰ παύσει ταύτην[3] βλέψας ποθ' ὁ
[Πλοῦτος,
ὁδὸν ἥν τις ἰὼν[4] τοῖς ἀνθρώποις ἀγάθ' ἂν μείζω πορίσειεν.

ΠΕΝΙΑ.

Ἀλλ', ὦ πάντων ῥᾷστ' ἀνθρώπων ἀναπεισθέντ' οὐχ ὑγιαίνειν
δύο πρεσβύτα, ξυνθιασώτα[5] τοῦ λῆρεῖν καὶ παραπαίειν,
εἰ[6] τοῦτο γένοιθ' ὃ ποθεῖθ' ὑμεῖς, οὔ[7] φημ' ἂν λυσιτελεῖν
[σφῷν.
Εἰ γὰρ ὁ Πλοῦτος βλέψειε πάλιν, διανείμειέν[8] τ' ἴσον αὑτόν,
οὔτε τέχνην[9] ἂν τῶν ἀνθρώπων οὔτ' ἂν σοφίαν μελετῴη[10]
οὐδείς· ἀμφοῖν δ' ὑμῖν τούτοιν ἀφανισθέντοιν ἐθελήσει
τίς χαλκεύειν ἢ ναυπηγεῖν ἢ ῥάπτειν ἢ τροχοποιεῖν,
ἢ σκυτοτομεῖν ἢ πλινθουργεῖν ἢ πλύνειν ἢ σκυλοδεψεῖν,

1. Τὰ πλεῖστα, pluriel neutre à l'accusatif adverbial, *le plus souvent*.

2. Εἶναι a pour sujet ὁδόν, qui est au vers suivant.

3. Ταύτην, la Pauvreté.

4. Ἣν ἰών, *dans laquelle entrant*. Sur la construction ἰέναι ὁδόν, voir Gramm., § 209.

5. Ξυνθιασῶτα (de ξυνθιασώτης), compagnons de fête, ici simplement *compagnons* : par θίασος (rac. ΘΥ, idée d'*exhalaison*, de *fumée*), on entendait un *banquet*, un *festin*, particulièrement en l'honneur de Bacchus.

6. Εἰ τοῦτο γένοιτο. L'optatif avec εἰ indique que la chose est simplement possible, sans préjuger qu'elle doive se réaliser.

7. Οὔ φημι. Voir Gramm., § 232 *bis*, Rem. III.

8. Διανείμειέν τ' ἴσον αὑτόν (pour ἑαυτόν), *et qu'il se partageât égal*, c'est-à-dire *également*.

9. Τέχνην... σοφίαν..... Le premier de ces mots désigne les *arts mécaniques ;* le second, les *arts libéraux*.

10. Μελετῴη. Sur cette forme d'optatif, voir Gramm., § 86. Rem. I.

ἢ γῆς ἀρότροις ῥήξας δάπεδον καρπὸν Δηοῦς[1] θερίσασθαι[2],
ἣν ἐξῇ ζῆν ἀργοῖς[3] ὑμῖν τούτων πάντων ἀμελοῦσιν;

ΧΡΕΜΥΛΟΣ.

Λῆρον ληρεῖς[4]. Ταῦτα γὰρ ἡμῖν πάνθ' ὅσα νυνὶ κατέλεξας
οἱ θεράποντες μοχθήσουσιν.

ΠΕΝΙΑ.

Πόθεν οὖν ἕξεις θεράποντας;

ΧΡΕΜΥΛΟΣ.

Ὠνησόμεθ' ἀργυρίου[5] δήπου.

ΠΕΝΙΑ.

Τίς δ' ἔσται πρῶτον ὁ πωλῶν,
ὅταν ἀργύριον κἀκεῖνος ἔχῃ;

ΧΡΕΜΥΛΟΣ.

Κερδαίνειν βουλόμενός τις
ἔμπορος ἥκων ἐκ Θετταλίας παρ' ἀπίστων ἀνδραποδιστῶν[6].

ΠΕΝΙΑ.

Ἀλλ' οὐδ' ἔσται πρῶτον ἁπάντων οὐδεὶς[7] οὐδ' ἀνδραποδιστής,

1. Δηοῦς, gén. de Δηώ, Cérès.

2. Θερίσασθαι. Ce vers dont le style est tout différent des précédents était sans doute emprunté à quelque tragédie.

3. Ἀργοῖς (contr. pour ἀεργοῖς), *oisifs, ne travaillant pas.*

4. Λῆρον ληρεῖς. Voir page 5, note 4.

5. Ἀργυρίου. Le génitif est employé en grec pour désigner le prix d'une chose. Voir Gramm., § 173, I, 5°.

6. Ἀνδραποδιστῶν. Le mot ἀνδραποδιστής désigne celui qui vole des esclaves, et aussi celui qui enlève des hommes libres pour les vendre comme esclaves. — Les Thessaliens étaient connus pour leur manque de foi. Cf. Démosthène, 1re Olynthienne, § 22. Τὰ τῶν Θετταλῶν ἄπιστα μὲν ἦν δήπου φύσει καὶ ἀεὶ πᾶσιν ἀνθρώποις, κομιδῇ δ' ὥσπερ ἦν, καὶ ἔστι νῦν τούτῳ (Φιλίππῳ). Pour fausse monnaie, on disait Θεσσαλῶν νόμισμα et *une trahison* s'appelait Θεσσαλὸν σόφισμα.

7. Οὐδὲ οὐδείς. Remarquez cette accumulation de négations qui renforce l'idée.

κατὰ τὸν λόγον ὃν σὺ λέγεις δήπου. Τίς γὰρ πλουτῶν ἐθελήσει
κινδυνεύων περὶ τῆς ψυχῆς τῆς αὑτοῦ τοῦτο ποιῆσαι ;
ὥστ' αὐτὸς ἀροῦν ἐπαναγκασθεὶς καὶ σκάπτειν τἄλλα τε μοχθεῖν,
ὀδυνηρότερον τρίψεις βίοτον πολὺ τοῦ νῦν [1].

ΧΡΕΜΥΛΟΣ.

Ἐς κεφαλὴν σοί [2].

ΠΕΝΙΑ.

Ἔτι δ' οὐχ ἕξεις οὔτ' ἐν κλίνῃ καταδαρθεῖν · οὐ γὰρ ἔσονται [3] ·
οὔτ' ἐν δάπισιν · τίς γὰρ ὑφαίνειν ἐθελήσει, χρυσίου ὄντος ;
οὔτε μύροισιν [4] μυρίσαι [5] στακτοῖς, ὁπόταν νύμφην ἀγάγησθον,
οὔθ' ἱματίων βαπτῶν δαπάναις κοσμῆσαι ποικιλομόρφων.
Καίτοι τί πλέον [6] πλουτεῖν ἐστιν πάντων τούτων ἀποροῦντα ;
Παρ' ἐμοῦ δ' ἔστιν ταῦτ' εὔπορα πάνθ' ὑμῖν ὧν δεῖσθον · ἐγὼ γὰρ
τὸν χειροτέχνην ὥσπερ δέσποιν' ἐπαναγκάζουσα κάθημαι [7]
διὰ τὴν χρείαν καὶ τὴν πενίαν ζητεῖν ὁπόθεν βίον ἕξει [8].

1. Τοῦ νῦν, sous-ent. ὄντος.

2. Ἐς κεφαλὴν σοί (sous-ent. ταῦτα τρέποιτο), *que ces prédictions retombent sur ta tête.*

3. Ἔσονται, sous-ent. κλῖναι.

4. Μύροισιν στακτοῖς, *parfums liquides* ou *distillés, essences.*

5. Μυρίσαι a pour complément νύμφην, sous-ent.

6. Τί πλέον ἐστιν, *quel avantage y a-t-il ?*

7. Κάθημαι, *je suis assise, je me tiens aux côtés de.*

8. Rapprochez de ce passage ces vers de Théocrite :

Ἁ πενία, Διόφαντε, μόνα τὰς τέχνας ἐγείρει.
αὐτὰ τῶ μόχθοιο διδάσκαλος · οὐδὲ γὰρ εὕδεν
ἀνδράσιν ἐργατίναισι κακαὶ παρέχοντι μέριμναι·
Κ' ἂν ὀλίγον νυκτός τις ἐπιψαύσῃσι τὸν ὕπνον,
αἰφνίδιον θορυβεῦσιν ἐφιστάμεναι μελεδῶναι.

21e idylle. — *Les Pêcheurs*, V. 1-5.

La Fontaine a dit également :

Nécessité d'industrie est la mère.

ΧΡΕΜΥΛΟΣ.

Σὺ γὰρ ἂν πορίσαι τί δύναι' ἀγαθὸν, πλὴν φῴδων ἐκ βαλα-[νείου [1],
καὶ παιδαρίων ὑποπεινώντων καὶ γραϊδίων κολοσυρτόν;
Φθειρῶν τ' ἀριθμὸν καὶ κωνώπων καὶ ψυλλῶν οὐδὲ λέγω σοι
ὑπὸ τοῦ πλήθους [2], αἳ βομβοῦσαι [3] περὶ τὴν κεφαλὴν ἀνιῶσιν,
ἐπεγείρουσαι καὶ φράζουσαι, Πεινήσεις, ἀλλ' ἐπανίστω [4].
Πρὸς δέ γε τούτοις, ἀνθ' ἱματίου μὲν ἔχειν [5] ῥάκος [6], ἀντὶ [δὲ κλίνης
στιβάδα σχοίνων, κόρεων μεστὴν, ἣ τοὺς εὕδοντας ἐγείρει·
καὶ φορμὸν ἔχειν ἀντὶ τάπητος σαπρόν· ἀντὶ δὲ προσκεφα-[λαίου
λίθον εὐμεγέθη πρὸς τῇ κεφαλῇ· σιτεῖσθαι [7] δ' ἀντὶ μὲν ἄρτων
μαλάχης πτόρθους, ἀντὶ δὲ μάζης φυλλεῖ' ἰσχνῶν ῥαφανίδων·
ἀντὶ δὲ θράνου, στάμνου κεφαλὴν κατεαγότος [8]· ἀντὶ δὲ μάκ-[τρας,

1. Φῴδων ἐκ βαλανείου, *des brûlures gagnées au bain.* Pendant l'hiver, les pauvres venaient se chauffer près des fourneaux des bains publics. Φῴς désigne proprement une tache rouge produite sur la peau par la chaleur ou le froid.

2. Ὑπὸ τοῦ πλήθους, littér. *par la multitude, tant il y en a.*

3. Βομβοῦσαι. Cette épithète ne peut s'appliquer qu'aux cousins, bien que grammaticalement elle se rapporte aussi aux autres insectes.

4. Πεινήσεις, ἀλλ' ἐπανίστω, littér. *Tu auras faim, mais lève-toi. Lève-toi pour crever de faim!* traduit M. Deschanel.

5. Ἔχειν. Cet infinitif dépend encore des premières paroles prononcées par Chrémyle : Τί ἂν δύναιο πορίσαι πλὴν...

6. Ῥάκος (rac. ΡΑΓ, idée de *rompre, déchirer*), *un lambeau d'étoffe, une guenille.*

7. Σιτεῖσθαι, sous-ent. ὥστε, *à manger* ou *pour manger.*

8. Κατεαγότος, participe parf. 2 de κατάγνυμι, *briser.* Au parf. 2 ce verbe prend la signification intransitive et signifie *être brisé.* Il en est de même pour ἐρρωγυῖαν au vers suivant.

πιθάκνης πλευρὰν, ἐῤῥωγυῖαν καὶ ταύτην[1]. Ἆρά γε πολλῶν
ἀγαθῶν πᾶσιν τοῖς ἀνθρώποις ἀποφαίνω σ' αἴτιον οὖσαν;

ΠΕΝΙΑ.

Σὺ μὲν οὐ τὸν ἐμὸν βίον εἴρηκας, τὸν τῶν πτωχῶν δ' ὑπε-
[κρούσω[2].

ΧΡΕΜΥΛΟΣ.

Οὐκοῦν δήπου τῆς πτωχείας πενίαν φαμὲν εἶναι ἀδελφήν.

ΠΕΝΙΑ.

Ὑμεῖς γ', οἵπερ καὶ[3] Θρασυβούλῳ[4] Διονύσιον εἶναι ὅμοιον.
Ἀλλ' οὐχ οὑμὸς[5] τοῦτο πέπονθεν βίος, οὐ μὰ Δί', οὐδέ γε
[μέλλει[6].
Πτωχοῦ μὲν γὰρ βίος, ὃν σὺ λέγεις, ζῆν ἐστιν μηδὲν ἔχοντα[7],
τοῦ δὲ πένητος, ζῆν φειδόμενον καὶ τοῖς ἔργοις προσέχοντα[8],
περιγίγνεσθαι δ' αὐτῷ[9] μηδὲν, μὴ μέντοι μηδ' ἐπιλείπειν.

ΧΡΕΜΥΛΟΣ.

Ὡς μακαρίτην, ὦ Δάματερ, τὸν βίον αὐτοῦ κατέλεξας,

1. **Καὶ ταύτην.** Οὗτος s'emploie précédé de καί pour ajouter à une proposition une détermination importante généralement exprimée par un participe; on peut traduire par *et encore, et même, et de plus.*

2. Ὑπεκρούσω est à la seconde personne de l'indicatif aoriste moyen de ὑποκρούομαι, *faire résonner, faire entendre.*

3. Οἵπερ καί, sous-ent. φατέ.

4. Θρασυβούλῳ Διονύσιον. Thrasybule avait délivré sa patrie des Trente Tyrans (401); Denys avait asservi la sienne (405).

5. Οὐχ οὑμὸς (pour ὁ ἐμὸς) τοῦτο πέπονθεν βίος, littér. *Ma vie n'a point souffert cela*, c'est-à-dire : *Telle n'a jamais été ma vie.*

6. Μέλλει, sous-ent. τοῦτο πεπονθέναι.

7. Ἔχοντα se rapporte au sujet sous-entendu de ζῆν.

8. Προσέχοντα, sous-ent. νοῦν, *appliquant son esprit à, s'appliquant à.*

9. Περιγίγνεσθαι δ' αὐτῷ μηδὲν, μὴ μέντοι μηδ' ἐπιλείπειν, littér. *Rien n'être de trop à lui, rien non plus ne lui manquer*, c'est-à-dire *Sans avoir rien de superflu, mais aussi sans que rien lui manque.*

εἰ φεισάμενος καὶ μοχθήσας καταλείψει [1] μηδὲ ταφῆναι.

ΠΕΝΙΑ.

Σκώπτειν πειρᾷ καὶ κωμῳδεῖν τοῦ σπουδάζειν ἀμελήσας,
οὐ γιγνώσκων ὅτι τοῦ Πλούτου [2] παρέχω βελτίονας ἄνδρας
καὶ τὴν γνώμην καὶ τὴν ἰδέαν [3]. Παρὰ τῷ [4] μὲν γὰρ ποδα-
[γρῶντες
καὶ γαστρώδεις καὶ παχύκνημοι καὶ πίονές εἰσιν ἀσελγῶς [5],
παρ' ἐμοὶ δ' ἰσχνοὶ καὶ σφηκώδεις [6], καὶ τοῖς ἐχθροῖς ἀνιαροί.

ΧΡΕΜΥΛΟΣ.

Ἀπὸ τοῦ λιμοῦ γὰρ ἴσως αὐτοῖς τὸ σφηκῶδες σὺ πορίζεις.

ΠΕΝΙΑ.

Περὶ σωφροσύνης ἤδη τοίνυν περανῶ σφῷν, κἀναδιδάξω
ὅτι κοσμιότης οἰκεῖ μετ' ἐμοῦ, τοῦ Πλούτου δ' ἐστὶν ὑβρίζειν.

ΧΡΕΜΥΛΟΣ.

Πάνυ γοῦν κλέπτειν κόσμιόν ἐστιν καὶ τοὺς τοίχους διορύτ-
[τειν.

ΒΛΕΨΙΔΗΜΟΣ.

[Νὴ τὸν Δία γ', εἴ γε λαθεῖν αὐτὸν [7] δεῖ, πῶς οὐ κόσμιόν [8]
[ἐστι ;]

1. Εἰ καταλείψει μηδὲ ταφῆναι, *s'il ne laisse pas même de quoi se faire enterrer.*

2. Τοῦ Πλούτου, *que Plutus*, c'est-à-dire *que ne le fait Plutus.* Voir, pour cette tournure grecque, Gramm., § 181, Rem. III.

3. Ἰδέαν signifie *l'extérieur, le corps.* Τὴν γνώμην et τὴν ἰδέαν sont à l'accusatif de relation qui indique *sous quel rapport* une qualité appartient à un sujet.

4. Τῷ comme αὐτῷ.

5. Ἀσελγῶς, *d'une manière excessive.*

6. Σφηκῶδες, comme σφηκοειδές, *semblables à une guêpe, à taille de guêpe.*

7. Αὐτόν se rapporte à τὸν κλέπτην, sous-entendu. Ce mot n'a pas été encore exprimé, mais l'idée en est comprise dans le vers précédent.

8. Κόσμιον. Voici en entier le raisonnement plaisant de Blepsidème : Celui qui se cache est modeste ; le voleur se cache : donc il est modeste.

ΠΕΝΙΑ.

Σκέψαι τοίνυν ἐν ταῖς πόλεσιν τοὺς ῥήτορας, ὡς[1] ὁπόταν μὲν
ὦσι πένητες, περὶ[2] τὸν δῆμον καὶ τὴν πόλιν εἰσὶ δίκαιοι,
πλουτήσαντες δ' ἀπὸ τῶν κοινῶν καραχρῆμ' ἄδικοι γεγέ-
[νηνται,
ἐπιβουλεύουσί τε τῷ πλήθει[3] καὶ τῷ δήμῳ πολεμοῦσιν.

ΧΡΕΜΥΛΟΣ.

Ἀλλ' οὐ ψεύδει τούτων γ' οὐδὲν, καίπερ σφόδρα βάσκανος[4]
[οὖσα.
Ἀτὰρ[5] οὐχ ἧττόν γ' οὐδὲν κλαύσει, μηδὲν ταύτῃ γε κομήσῃς,
ὁτιὴ[6] ζητεῖς τοῦτ' ἀναπείσειν ἡμᾶς, ὡς ἔστιν ἀμείνων
πενία πλούτου.

ΠΕΝΙΑ.

Καὶ σύ γ' ἐλέγξαι μ' οὔπω δύνασαι περὶ τούτου,
ἀλλὰ φλυαρεῖς καὶ πτερυγίζεις[7].

ΧΡΕΜΥΛΟΣ.

Καὶ πῶς φεύγουσί σ' ἅπαν-
[τες;

ΠΕΝΙΑ.

Ὅτι βελτίους αὐτοὺς ποιῶ. Σκέψασθαι[8] δ' ἔστι μάλιστα

1. Ὡς, ici *comment*, *comme*. De cette conjonction dépend le verbe εἰσί.

2. Περί, *envers*, *à l'égard de*.

3. Τῷ πλήθει, τῷ δήμῳ. Par le premier de ces mots, il faut entendre *la foule*, *le peuple*, et par le second *le gouvernement du peuple*, *le gouvernement démocratique*.

4. Βάσκανος, généralement *envieux*, ici *médisant*.

5. Ἀτάρ... Contruisez : Ἀτὰρ μηδὲν ταύτῃ γε (*en cela*, *à cause de cela*) κομήσῃς, οὐχ ἧττόν γε (γάρ, sous-ent.) κλαύσει.

6. Ὁτιή attique pour ὅτι.

7. Πτερυγίζεις (de πτέρυξ, *aile*) : ce verbe signifie *battre des ailes*, par suite, *faire des efforts inutiles*.

8. Σκέψασθαι ἔστι, littér. *il est à voir*, *on peut le voir*.

ἀπὸ τῶν παίδων · τοὺς γὰρ πατέρας φεύγουσι, φρονοῦντας [ἄριστα
αὐτοῖς[1]. Οὕτω διαγιγνώσκειν χαλεπὸν πρᾶγμ' ἐστὶ δίκαιον[2].

ΧΡΕΜΥΛΟΣ.

Τὸν Δία φήσεις ἄρ' οὐκ ὀρθῶς διαγιγνώσκειν τὸ κράτιστον ·
κἀκεῖνος γὰρ τὸν πλοῦτον ἔχει.

ΒΛΕΨΙΔΗΜΟΣ.

Ταύτην[3] δ' ἡμῖν ἀποπέμπει.

ΠΕΝΙΑ.

Ἀλλ', ὦ Κρονικαῖς λήμαις ὄντως λημῶντες[4] τὰς φρένας [ἄμφω,
ὁ Ζεὺς δήπου πένεται, καὶ τοῦτ' ἤδη φανερῶς σε διδάξω.
Εἰ γὰρ ἐπλούτει, πῶς ἂν ποιῶν τὸν Ὀλυμπικὸν αὐτὸς ἀγῶνα,
ἵνα[5] τοὺς Ἕλληνας ἅπαντας ἀεὶ δι' ἔτους πέμπτου[6] ξυναγείρει,
ἀνεκήρυττεν τῶν ἀσκητῶν τοὺς νικῶντας στεφανώσας

1. Αὐτοῖς se rapporte *aux enfants ;* φρονεῖν ἄριστά τινι signifie *avoir les meilleurs sentiments, être parfaitement disposé pour quelqu'un.*

2. Δίκαιον, complément direct de διαγιγνώσκειν.

3. Ταύτην, c'est-à-dire τὴν Πενίαν.

4. Ὄντως λημῶντες ἄμφω τὰς φρένας λήμαις Κρονικαῖς, littér. *O vous, étant réellement chassieux tous deux quant aux esprits par des chassies du temps de Saturne.* La Pauvreté veut dire par cette métaphore qu'ils n'y voient pas clair du tout.

5. Ἵνα, *où.*

6. Δι' ἔτους πέμπτου, *chaque cinquième année, tous les quatre ans.* Remarquez ce sens du nombre ordinal en grec et en latin. C'est ainsi que dans Platon τρίτην ἡμέραν signifie depuis deux jours. On sait que les jeux Olympiques se célébraient tous les quatre ans à Olympie, en l'honneur de Jupiter Olympien, et que les olympiades, dont la première date de 776 avant J.-C., servaient pour la chronologie.

κοτίνῳ στεφάνῳ[1]; καίτοι χρυσῷ μᾶλλον ἐχρῆν[2] εἴπερ ἐπλού-[τει.

ΧΡΕΜΥΛΟΣ.

Οὐκοῦν τούτῳ δήπου δηλοῖ τιμῶν[3] τὸν πλοῦτον ἐκεῖνος.
Φειδόμενος γὰρ καὶ βουλόμενος τούτου μηδὲν δαπανᾶσθαι,
λήροις ἀναδῶν τοὺς νικῶντας τὸν πλοῦτον ἐᾷ παρ' ἑαυτῷ.

ΠΕΝΙΑ.

Πολὺ[4] τῆς πενίας πρᾶγμ' αἴσχιον ζητεῖς αὐτῷ περιάψαι,
εἰ πλούσιος ὢν ἀνελεύθερός[5] ἐσθ' οὑτωσὶ καὶ φιλοκερδής.

ΧΡΕΜΥΛΟΣ.

Ἀλλά σέ γ' ὁ Ζεὺς ἐξολέσειεν[6], κοτίνῳ στεφάνῳ στεφανώσας.

ΠΕΝΙΑ.

Τὸ γὰρ ἀντιλέγειν[7] τολμᾶν ὑμᾶς, ὡς οὐ πάντ' ἔστ' ἀγάθ' ὑμῖν
διὰ τὴν Πενίαν.

ΧΡΕΜΥΛΟΣ.

Παρὰ τῆς Ἑκάτης[8] ἔξεστιν τοῦτο πυθέσθαι,

1. Κοτίνῳ στεφάνῳ, *d'olivier sauvage* comme *couronne*, *d'une couronne d'olivier sauvage*. Aux jeux Pythiques, les vainqueurs étaient couronnés de laurier; aux jeux Néméens, de chêne; aux jeux Isthmiques, d'ache.

2. Ἐχρῆν, imparfait ayant le sens d'un conditionnel.

3. Δηλοῖ τιμῶν. Sur cette construction, voir Gramm., § 228.

4. Πολύ se rapporte à αἴσχιον. Voir Gramm., § 181, Rem. VI.

5. Ἀνελεύθερος, *qui n'a pas les sentiments d'un homme libre*, *vilain*, *intéressé*.

6. Ἐξολέσειεν, optatif aoriste de ἐξόλλυμι, exprimant que la chose énoncée est l'objet d'un souhait. Voir Gramm., § 214.

7. Ἀντιλέγειν, *prétendre*, *soutenir*, dépend de τολμᾶν, infinitif employé d'une façon exclamative. Cet emploi de l'infinitif se retrouve en latin : *Te ista virtute, fide, prudentia, in tantas ærumnas propter me incidisse!* (Cic. ad. fam. XIV, 1), et en français : *Trahir ma patrie! Lui écrire!*

8. Ἑκάτης, *Hécate*, divinité inférieure. Elle avait dans les carrefours des autels où les riches, à chaque nouvelle lune, faisaient servir des mets ordinairement composés d'œufs et de fromage. Les pauvres s'en emparaient et disaient que la déesse les avait mangés.

εἴτε τὸ πλουτεῖν εἴτε τὸ πεινῆν βέλτιον. Φησὶ γὰρ αὕτη
τοὺς μὲν ἔχοντας[1] καὶ πλουτοῦντας δεῖπνον προσάγειν κατὰ
[μῆνα,
τοὺς δὲ πένητας τῶν ἀνθρώπων[2] ἁρπάζειν πρὶν καταθεῖναι[3].

Ἀλλὰ[4] φθείρου, καὶ μὴ γρύξῃς
ἔτι μηδ' ὁτιοῦν.
Οὐ γὰρ πείσεις, οὐδ' ἢν πείσῃς[5].

ΠΕΝΙΑ.

Ὦ πόλις[6] Ἄργους, κλύεθ' οἷα λέγει.

ΧΡΕΜΥΛΟΣ.

Παύσωνα[7] κάλει τὸν ξύσσιτον.

ΠΕΝΙΑ.

Τί πάθω τλήμων ;

ΧΡΕΜΥΛΟΣ.

Ἔρρ' ἐς κόρακας[8] θᾶττον ἀφ' ἡμῶν.

1. Τοὺς ἔχοντας, *ceux qui ont, ceux qui possèdent.*

2. Τῶν ἀνθρώπων. Sur ce génitif, voir Gramm., § 173, I, Rem. 1.

3. Πρὶν καταθεῖναι, sous-ent. τινά, *avant même qu'on l'ait servi.*

4. Ἀλλὰ... Les derniers vers de cette scène sont des anapestiques.

5. Οὐ γὰρ πείσεις, οὐδ' ἢν πείσῃς, *Tu ne me persuaderas pas, quand même tu me persuaderais.* M. Deschanel rappelle que c'est par ce vers que M. Boissonnade répliquait aux hardiesses de Wolf sur Homère.

6. Ὦ πόλις...., vers emprunté au *Télèphe* d'Euripide, pièce dont il ne nous reste que des fragments. Les mots κλύεθ' οἷα λέγει se retrouvent aussi dans la *Médée* du même poëte.

7. Παύσωνα, *Pauson.* C'était un peintre fort pauvre. L'expression Παύσωνος πτωχότερος, *plus pauvre que Pauson,* était proverbiale à Athènes.

8. Ἔρρε ἐς κόρακας. Cette expression répond à l'expression latine : *Abi in malam crucem,* et à l'expression française : *Va te faire pendre !* Diogène jouant sur le mot disait : Κρεῖττόν ἐστιν ἐς κόρακας ἀπελθεῖν ἢ ἐς κόλακας.

ΠΕΝΙΑ.

Εἶμι[1] δὲ ποῖ γῆς[2];

ΧΡΕΜΥΛΟΣ.

Ἐς τὸν κύφων᾽· ἀλλ᾽ οὐ μέλλειν
χρή σ᾽, ἀλλ᾽ ἀνύειν.

ΠΕΝΙΑ.

Ἦ μὴν ὑμεῖς γ᾽ ἔτι μ᾽ ἐνταυθοῖ
μεταπέμψεσθον.

ΧΡΕΜΥΛΟΣ.

Τότε νοστήσεις· νῦν δὲ φθείρου.
Κρεῖττον γάρ μοι πλουτεῖν ἐστίν,
σὲ δ᾽ ἐᾶν κλάειν μακρὰ τὴν κεφαλήν[3].

1. Εἶμι, futur de εἶμι, *je vais.*

2. Γῆς. Sur ce génitif, voir Gramm., § 173, I, Rem. III.

3. Ἐᾶν σε κλάειν μακρά, littér. *te laisser pleurer longuement.* Τὴν κεφαλήν doit s'expliquer, disent les grammairiens, par un participe sous-entendu, τύπτουσαν, *te frappant la tête.* Cette locution peut se traduire en français par *envoyer promener.*

EXTRAIT DU TIMON

Un des dialogues de Lucien, *Timon*, est en partie une imitation du *Plutus* d'Aristophane. Nous en reproduisons ici les passages qui ont le plus de rapport avec la scène de la Pauvreté.

Timon, forcé de travailler pour les autres, parce qu'il a perdu son patrimoine par ses libéralités mal entendues, se plaint à Jupiter. Le dieu demande à Mercure de qui viennent ces lamentations ; et, dès qu'il a appris que c'est du pauvre Timon, qui dans sa fortune lui offrait des hécatombes entières, *dont il sent encore la fumée*, il ordonne à Mercure de mener aussitôt chez ce malheureux Plutus et le Trésor. Avant d'arriver auprès de Timon, ils entendent le bruit de son travail.

ΠΛΟΥΤΟΣ..... Ἀλλὰ τίς ὁ ψόφος οὗτός ἐστι καθάπερ σιδήρου πρὸς λίθον.

ΕΡΜΗΣ. Ὁ Τίμων οὑτοσὶ σκάπτει πλησίον ὀρεινὸν καὶ ὑπόλιθον γήδιον. Παπαῖ, καὶ ἡ Πενία πάρεστι καὶ ὁ Πόνος ἐκεῖνος, ἡ Καρτερία τε καὶ ἡ Σοφία καὶ ἡ Ἀνδρεία καὶ ὁ τοιοῦτος ὄχλος τῶν ὑπὸ τῷ Λιμῷ ταττομένων ἁπάντων, πολὺ ἀμείνους τῶν σῶν δορυφόρων.

ΠΛΟΥΤ. Τί οὖν οὐκ ἀπαλλαττόμεθα, ὦ Ἑρμῆ, τὴν

ταχίστην; οὐ γὰρ ἄν τι ἡμεῖς δράσαιμεν ἀξιόλογον πρὸς ἄνδρα ὑπὸ τηλικούτου στρατοπέδου περιεσχημένον.

ΕΡΜ. Ἄλλως ἔδοξε τῷ Διί · μὴ ἀποδειλιῶμεν οὖν.

ΠΕΝΙΑ. Ποῖ τοῦτον ἀπάγεις, ὦ Ἀργειφόντα, χειραγωγῶν;

ΕΡΜ. Ἐπὶ τουτονὶ τὸν Τίμωνα ἐπέμφθημεν ὑπὸ τοῦ Διός.

ΠΕΝ. Νῦν ὁ Πλοῦτος ἐπὶ Τίμονα, ὁπότε αὐτὸν ἐγὼ κακῶς ἔχοντα ὑπὸ τῆς Τρυφῆς παραλαβοῦσα, τουτοισὶ παραδοῦσα, τῇ Σοφίᾳ καὶ τῷ Πόνῳ, γενναῖον ἄνδρα καὶ πολλοῦ ἄξιον ἀπέδειξα; οὕτως ἄρα εὐκαταφρόνητος ὑμῖν ἡ Πενία δοκῶ καὶ εὐαδίκητος, ὥσθ' ὃ μόνον κτῆμα εἶχον, ἀφαιρεῖσθέ με, ἀκριβῶς πρὸς ἀρετὴν ἐξειργασμένον, ἵν' αὖθις ὁ Πλοῦτος παραλαβὼν αὐτὸν Ὕβρει καὶ Τύφῳ ἐγχειρίσας ὅμοιον τῷ πάλαι, μαλθακὸν καὶ ἀγεννῆ καὶ ἀνόητον ἀποφήνας ἀποδῷ πάλιν ἐμοὶ ῥάκος ἤδη γεγενημένον;

ΕΡΜ. Ἔδοξε ταῦτα, ὦ Πενία, τῷ Διί.

ΠΕΝ. Ἀπέρχομαι · καὶ ὑμεῖς δέ, ὦ Πόνε καὶ Σοφία καὶ οἱ λοιποί, ἀκολουθεῖτέ μοι. Οὗτος δὲ τάχα εἴσεται οἵαν με οὖσαν ἀπολείψει, ἀγαθὴν συνεργὸν καὶ διδάσκαλον τῶν ἀρίστων, ᾗ συνὼν ὑγιεινὸς μὲν τὸ σῶμα, ἐρρωμένος δὲ τὴν γνώμην διετέλεσεν, ἀνδρὸς βίον ζῶν καὶ πρὸς αὑτὸν ἀποβλέπων, τὰ δὲ περιττὰ καὶ πολλὰ ταῦτα, ὥσπερ ἐστίν, ἀλλότρια ὑπολαμβάνων.

ΕΡΜ. Ἀπέρχονται · ἡμεῖς δὲ προσίωμεν αὐτῷ.

Mais Timon reçoit fort mal Mercure et Plutus ; il déclare qu'il ne veut plus de ce dernier.

ΕΡΜ. Τί δή;

ΤΙΜ. Ὅτι καὶ πάλαι μυρίων μοι κακῶν αἴτιος οὗτος κατέστη κόλαξί τε παραδοὺς καὶ ἐπιβούλους ἐπαγαγὼν καὶ μῖσος ἐπεγείρας καὶ ἡδυπαθείᾳ διαφθείρας καὶ ἐπίφθονον ἀποφήνας, τέλος δὲ ἄφνω καταλιπὼν οὕτως ἀπίστως καὶ προδοτικῶς· ἡ βελτίστη δὲ Πενία πόνοις με τοῖς ἀνδρικωτάτοις καταγυμνάσασα καὶ μετ᾽ ἀληθείας καὶ παῤῥησίας προσομιλοῦσα τά τε ἀναγκαῖα κάμνοντι παρεῖχε καὶ τῶν πολλῶν ἐκείνων καταφρονεῖν ἐπαίδευεν, ἐξ αὐτοῦ ἐμοῦ τὰς ἐλπίδας ἀπαρτήσασά μοι τοῦ βίου καὶ δείξασα ὅστις ἦν ὁ πλοῦτος ὁ ἐμός, ὃν οὔτε κόλαξ θωπεύων οὔτε συκοφάντης φοβῶν, οὐ δῆμος παροξυνθείς, οὐκ ἐκκλησιαστὴς ψηφοφορήσας, οὐ τύραννος ἐπιβουλεύσας ἀφελέσθαι δύναιτ᾽ ἄν.

Ἐῤῥωμένος τοιγαροῦν ὑπὸ τῶν πόνων τὸν ἀγρὸν τουτονὶ φιλοπόνως ἐργαζόμενος, οὐδὲν ὁρῶν τῶν ἐν ἄστει κακῶν, ἱκανὰ καὶ διαρκῆ ἔχω τὰ ἄλφιτα παρὰ τῆς δικέλλης. Ὥστε παλίνδρομος, ὦ Ἑρμῆ, ἄπιθι τὸν Πλοῦτον ἀπαγαγὼν τῷ Διί· ἐμοὶ δὲ τοῦτο ἱκανὸν ἦν πάντας ἀνθρώπους ἡβηδὸν οἰμώζειν ποιῆσαι.

Paris. — Imp. Viéville et Capiomont, rue des Poitevins, 6.

PARIS. — IMP. SIMON RAÇON ET COMP., RUE D'ERFURTH, 1.

www.ingramcontent.com/pod-product-compliance
Ingram Content Group UK Ltd.
Pitfield, Milton Keynes, MK11 3LW, UK
UKHW020508180726
13839UKWH00004B/1981

9 782329 435893